U0800078

遇見

敖超 著

西藏人民出版社

图书在版编目（CIP）数据

遇见 / 敖超著. -- 拉萨 : 西藏人民出版社，
2017.9

ISBN 978-7-223-05736-3

Ⅰ. ①遇… Ⅱ. ①敖… Ⅲ. ①诗集－中国－当代
Ⅳ. ① I227
中国版本图书馆 CIP 数据核字（2017）第 265914 号

遇　见

作　　者　敖　超
责任编辑　曾　恒
出　　版　西藏人民出版社（拉萨市林廓北路 23 号）
　　　　　邮政编码：850000
印　　刷　北京华联印刷有限公司
经　　销　全国新华书店
开　　本　16 开（710×1 000）
印　　张　14.5
版　　次　2018 年 1 月第 1 版第 1 次印刷
标准书号　ISBN 978-7-223-05736-3
定　　价　29.50 元
版权所有　翻印必究

《遇见》序之前的闲言碎语

张治中

1992年夏天的某一天，我在一个同事孩子的婚礼现场认识了敖超，小伙子帅气的形象、阳光的笑脸、憨厚的性格给我留下了深刻的印象。因为共同的爱好，我们开始了频繁的交往。“人生之中，感谢相遇，万法皆生，皆系缘分”，就因为这个缘分，我们成了朋友、兄弟。1993年敖超调入《西藏文化报》干起了记者和编辑的活路，于是我们又成了同事，携手走过了一段难忘的岁月，共同经历了创业的乐趣和生活的艰辛。

近日，敖超诗选《遇见》要出版了，让我给写个“序”，我既觉得突然，又倍感欣慰。按常理，“序”一般都是请名人、大家或业内专业人士来作，其一是用名人效应来提高书的身价，增加书的影响力；其二是给读者一个引导，提供有价值的信息，帮助读者更准确地理解作品的要点和主旨，提高阅读的效率。正如宋代的王应麟在他的《词学指南》中所说：“序者，序典籍之所以作。”明代的吴讷也说：“凡序文籍，当序作者之意。”叶圣陶先生也曾高度概括:“序文的性质常常是全书的提要或批评……”综上所述,敖超请我作序既不可能有名人效应,也达不到对作品的评价和引导之目的。这只能说,敖超做人低调,他看重的还是那份兄弟情谊。除此之外,我也找不到他让我写序的理由了。因此,这些文字也不能称之为序,只能作为序之前的闲言碎语。序自然是有高人来操笔的,旁人不便添乱,本人只好抛开诗选本身,将敖超一路走来的小趣事拿出来说道说道。

翻阅敖超的诗选《遇见》,思绪总是游离于那一首首鲜活的诗句之外,内心深处一种莫名的感慨油然而生——敖超“不容易”!敖超真的不容易,3个月大点随父母进藏,那是40多年前的事了。一个婴儿在母亲的怀里乘坐卡车历经数日才抵达拉萨,缺氧、低温、饥饿伴随了他一路。15岁走进军营,一个乳臭未干的小孩在高原的军营里站岗、放哨、摸爬滚打,经受了多少他那个年龄段的人不应该经受的磨练。17岁他脱下军装成了一名工人,他只身一人在高原打拼,其他不说,就其生活的艰辛也实属不易。后来,因为对文学的执着追求,他走进了文艺青年的圈子,开始亲近诗歌,并勤奋写作。从此,他不断有零零碎碎的“小东西”见诸报刊,这是改变敖超人生轨迹的重要阶段,细细想来还是“不容易”。再后来,敖超从一个懵懂的文学青年变为了小有名气的作家、诗人，后来还成了词作家、中国作家协会会员、西藏作家协会理事、拉萨市作家协会副主席、第八届茅盾文学奖评委……这一切光环的背后的酸甜苦辣，只有他自己知道。值得一提的是，在诗歌离人们远去的今天，敖超仍然笔耕不辍，居然要出版诗选，这不是任性，这正是他心灵轨迹和慰藉心灵的表述方式。难能可贵，正在于此。

虽然敖超一路走来有着诸多的“不容易”，但他依然阳光灿烂地走着，哼着小曲快乐自信地走着，喝着小酒自娱自乐地走着……走出了自己的风格和品质。那一份执着、那一份坚守、那一份艰辛的追求，让他游离在梦想和现实之间，过着平淡而有趣的日子。

敖超是性情中人，为人坦诚，与人为善，走到哪里都能听到他爽朗的笑声，他朋友很多，发小、同学、文友、老乡，其中也不乏红颜知己。每每朋友聚会，他总要把酒言欢，上至天文地理、下至鸡毛蒜皮，无所不谈。他思维敏捷、幽默诙谐，总能吸引一些红颜知己暧昧的目光，这也鲜活了许多逸事趣文，催生了不少得意之作。

敖超没有乡愁，三个月大就离开重庆，所以他对故乡原是没有什么记忆的。随着他渐渐长大和父母内调原籍，“重庆”这个地名才渐渐地在他的脑海中清晰起来，但这也和故乡没有太大的关系，敖超常常讲“有爱的地方便是故乡”，敖超的故乡就是西藏。

敖超既是个孝子，也是个重感情、有责任心的丈夫和父亲，年迈的父母在重庆，大女儿在北京上大学，小女儿在山西，夫人退休。自古忠孝不能两全，这也给一向乐观的他增添了许多情愁和难以言表的苦衷。我本想写点闲言碎语为著名作家吉米平阶先生为敖超诗选写的“正序”撒点“调料”，以博读者一笑。写到此处倒有了些许感慨和感动，甚至有了一点伤感，眼睛还有点湿润，所以我用这样的形式作为结束语：

向不同时期进藏并把生命留在高原的英烈致敬！

向曾经和正在为西藏的建设而奋斗的人们致敬！

敖超的细腻

吉米平阶

敖超写小说，在圈子里有些名头；写歌词，有几首广为传唱，好像还获了什么大奖。某一天，他给我打来电话，要我给他的诗歌集子写点什么。敖超又写诗，还真有些意料之外，难不成他改天还要写话剧？保不齐，因为他现在又去了群艺馆供职，那里离话剧不远。

应承了，就得做。颠三倒四，这件事在脑子里转了好些日子，却一直在电脑前坐不下来。入冬的拉萨，万物萧瑟，适合涵敛，直到有一天安静下来，我把这一部《遇见》认真拜读了，读出了一些心得。

在“遇见”的主题下，敖超把收录的诗作分为“遇见色彩”“遇见惆怅”“遇见爱情”几个部分，从排序的逻辑来看，敖超是一个乐观主义者，事实上他也是。但从诗歌的内容来看，所表达的多是一些内心细腻的体验，不能冠之于乐观主义。

拉萨适合写诗。有人说来拉萨追求生命真谛

的，除了诗人就是画家。这没有蔑视其他艺术人士的意思，说的是这两种艺术之高级，连带着跟这两项有些瓜葛的拉萨的形形色色都带着些气度不凡。所以在拉萨写诗不稀奇，敖超写诗也不稀奇，稀奇的是写得这么细腻和——嗯——惆怅。

比如有这么一首，叫《好冷》：还没有进入冬天／秋收的痕迹依稀／树上的叶子摇曳／田野里的稻草人／还守着散落的麦穗／遥望万里晴空／那一行远飞的大雁　进入深秋／我害怕过往的风／助长内心的焦虑／焦虑这秋天瞬间老去／就像一个老去的光藏在角落／鲜亮刺眼但不温暖／虽然这光耀眼了／我内心柔弱处／那一丝面临冬天的坚强／但是已经冷了的秋／是否就是窗外的冬／渐渐地打马而来　好冷的风就在窗外拂扬／从一座城市／到另一座城市／一个季节的距离／汇成最深刻的印象　在这个好冷的日子／遥想一朵绽放的花／出现在夜深的梦里

这就有意思了，敖超也害怕，还焦虑。细致看去，他害怕的是瞬间老去的时光，焦虑掠过的风中夹带的时光。敖超诗歌的意象里，故乡和城市是两个重要的符号。很多诗歌里，故乡是个城市，很多诗歌里，城市是个远方，其他的，风呀，梦呀，酒呀，秋天呀，树叶呀，黑夜呀，这些意象，表达更多的，是这首叫《好冷》的诗歌里传达的那一些淡淡的忧伤情绪。在拉萨写诗，却少见阳

光呀、蓝天等等，按理他更应该写到。

敖超的许多诗歌里写到了马(他属马吗？)，马的象征，美好而易逝，敖超是否常怀这样的忧思？

朋友圈里的敖超，常常是豪爽奔放的，因为有好酒量垫底，也经常视天下英雄为无物，写这样的诗歌，实在是一个意外之惊喜。

还说《好冷》，诗人那个“内心柔软处”“遥想一朵绽放的花／出现在夜深的梦里”，其实是《遇见》这部诗集的基本主题。表象粗粝的敖超，用细腻的笔触，表达了他对西藏这片土地的一种缠绵悱恻的爱意。诸君读完这部诗集，一定会有同感。

目录

1 / 遇见色彩

遇见色彩

铁　马

许多大马伫立风中
在这瑟瑟寒意的日子里
我们想起了腾空的姿态
思想追风而去
从升起至降落
一切形成不可攀登的高度
从童年梦想的戎装开始
许多幼稚的光芒
冉冉升起

此时
大马栩栩如生地
坐落在城市的中心
大鸟般的翅膀形象地展开心巷
这是城市一个叫作广场的风景
许多没有见过大马的人
都会在这双铁蹄下赞叹不已
大马的嘶鸣和风一样
在城市的上空鸣响
大马有力的四肢

钢铸般立在风的怀中
或黑或黄
或是别的颜色的鬃毛
抽打灯光的脸
我们的城市
守望广场的空旷
放逐的思想不再孤独

雨下过又下雪
伞来伞去的日子里
大马生了根的身子
有些旧了

城　市

（一）

城市
梦想的守望者
面对多少年酝酿的美丽
谁向高处放飞孤独

城市
我看见了什么
使我心碎的
米粒的尘埃
头颅的尘埃
喧嚣的尘埃
飞扬的尘埃

总是渴望黑色是绿的怀抱
看见从车声碾过的日子
我的坦诚步履蹒跚

城市
梦想成真的衣饰

薄如羽翼
人群泰然穿梭庙宇
想我的人啊
当绿色游戏从叫卖声中逝去
静守浊酒一杯

（二）

是谁把想象搁置街头
固体的语言挂满窗前
在临街的人群里
是谁的歌声张开双翼
因了一个六月的街景
谁又扬起一面旗帜

想起高处阳光很自豪
火焰般燃烧的眸子楚楚动人
为寻找阴凉的树丛
谁又为今天的天空
去描绘明天的希冀

天空何等凋零
整块的蓝色尽被冲散
我倚着一栋很高的楼
怀念曾经清澈波纹的
同一片天空下

乡村离城市的距离
伸手可及

（三）

思想被什么涂成黑色
想飞的鸟儿
又是谁锁住了你黎明的翅膀
沉默是什么
拥有了谁的天际
当我们被梦感动的间隙
闯入我怀里的
是一个叫失眠的天使

我向高处走去
天堂的阶梯之上
众多之魂蹒跚黑色之中
孩子，青春灿烂的笑脸
是我错过的列车

我等候
阳光扑面而来的早晨

（四）

许多朋友侃侃而谈的

就像街头来自夏天的风景
每一个人都将
形形色色的面孔树立街头
好奇的行人
在长龙般的车队中央
从早到晚唱着同一首歌

城市
一个爱失眠的孩子
谁能安抚你疲惫的身体
许多时候
我们点燃的火
蔓延到每一个角落
所谓星星之火
被唾沫横飞的雨淋透
这场雨
伤透了麦子的心

我们渴望成长
以迅猛的速度
使一个叫惊悚的词也惊讶
车身摇摇晃晃驶进站台
接站的人
你是否
牵住了爱情的手

（五）

一些来自乡野的梦想
沃土不再种植绿色
脱颖而出的城市
能够梦想成真
是因为工业发达
先进的烟雾造就的钢铁
许多紧张的嘴和它正面接触
交流的语言在票据上飞扬

我看见了翻飞的旗帜
在工业中风蚀的样子
天空如此凋零
负责看守时间的老人
机械般撕下罚单的手
如残缺的云
在我眼前飘过历史的疼痛
我摸出一些撕碎的心情
算是对惩罚的态度

面对公园或广场的人群
头颅攒动的城市
先进的工业使某些乡村的梦
茁壮成长

固　体

固体的风
在钢架中
以钢架的形式存在
固体的语言
随便抛出街上
就挂满了口号
固体的思想
为谁策划了一场
精彩的舞蹈

我是由固体的城市
演变成的锋利刀刃
钢铁般地伫立
固守不变的承诺
固体的人群
固体的心情
固体是我不错的早餐

父亲的西藏

一座座山
托起仰望的珠穆拉玛
父亲的脊梁好比那山
托起高高的西藏在肩上
父亲的西藏
是他心中的太阳
用青春照亮了自己
照亮了我
也照亮了家乡那片小白杨

一条条河
汇成爱的雅鲁藏布
父亲的柔情就是那河
孕育高高的西藏在心上
父亲的西藏
是他一生的理想
用生命感动了岁月
感动了大地
也感动了母亲追随他到西藏

父亲的西藏是一首歌谣
父亲的西藏是一片霞光
父亲的西藏也是传奇
是他用一生来珍藏的谜
让你去猜
让我去想

父亲的西藏不在远方
那是高山上的雪莲
不在天上
在心上

摇摇欲坠及其他

（一）

其实我并不知道
我在什么时候开始了说谎
在什么时候流露出费解的笑脸
其中也包含了那一眼
带着一个叫不屑一顾的成语
我想起了摇摇欲坠的样子
我看见了虫豸在飞舞
这是一个叫人陶醉的场面
这样我们用一种心态去看
看守候边缘的人思渴的样子
和一个女声的孤独

（二）

结果
风已成熟
以一种程序
从季节的指缝里递进
他慢慢长大
这样灿烂的日子

从头颅的边缘淋下
而那些尘埃
举手拍拍
就很轻松了

（三）

天马行空
如期而至
那朵作睡眠状的云
撕开一道蓝色
我想起
有雨的日子及奔跑的模样
这真是一个难以再现的景色吗
当早晨纷纷碾成马路的平面时
那些在角落默默无语的人
就有躲避车轮的风险

颜　色

饮尽杯底的容颜
各种颜色
各种颜色在飞
许多舞蹈的手变成翅膀
眼前的天空
呈现一望无际的宽广

叶纷纷落成风景
这个叫秋天的颜色
满地金黄
令人感动

瞳仁渐渐湿润
容颜不再清晰的水
我们制造的情节
锁住了翻飞的思想
演绎而成的颜色
缀满露珠的颜色
真的颜色
假的颜色
都在同一片天空下飞

黑　色

静守黑色
不见容颜的黑色
一抹天穹圆满的黑色
等待降临的黑色
想象群星闪闪的黑色

蹚过黑色星空的马
梦中的王子
想你的女孩孤独地哭泣

暮色苍茫
驮着黑色行走的山脊
一片空旷的黑色
时光
一座飓风般飞驰的桥
从有记忆之时算起
千万个起伏的心潮
日落日出

红　色

许多熟悉的模样变得沮丧
一瓣血红瓜瓤的六月
从人流之中抓扯汗襟开始
生命　那些衣着简朴
面对成长的感动
想起一种告别的形式
庙宇门前是谁伫立

而旗杆上
卷着日月和虔诚猎猎作响的大旗
风儿扫过之后
红色就很形象了

想象一匹马藏在暗处

想象一匹马藏在暗处
我无法将它有力的四肢束缚
缰绳扬起
如我的思想

这是一个奇异的想象
我任由它自由驰骋
任急骤的蹄声
敲着我紧张的神经
蹚过我的河流

于是我的血液开始沸腾
我的阳光在我的心里
被那一抹淡淡的云
撕得七零八落

当马走进它想去的草地时
我就驾驭不了我的行程

天　音

春天里融化的冰雪
在草原上流淌
那潺潺的声音如此纯洁
像是天籁的声音落下来
落在大地的身上
触动了生命的脉搏

一个声音传来
让我们轻轻唱
我们一起对着天空飘动的云朵唱
我们一起对着山峰晶莹的白雪唱
我们一起对着草原美丽的花朵唱
我们一起对着爱的人儿唱

月光下美丽的花朵
在寂静中绽放
那舒展的声音如此空灵
像是天籁的声音落下来
落在大地的身上
触动了心灵的脉搏

一个声音传来
让我们轻轻唱
我们一起对着天空飘动的云朵唱
我们一起对着山峰晶莹的白雪唱
我们一起对着草原美丽的花朵唱
我们一起对着爱的人儿唱

天籁的声音徐徐地落下来
落在我们心上
和我们一起唱

冬　日

这个冬日
我看见了
冷峻的山峰
陡峭的面容
也看见了阳光的手
从我的脸庞滑下心底的暖意
我还看见了
牛羊在风中觅草的姿态

每一个冬日
我们总是在风里
把祈望寄托给风中的风马旗
这令我想起了
冬日即将来临的一个节日
和一尊塑像的冷漠

冬天既然来了
还有什么不能面对的

乡　愁

淡淡的乡愁
枫叶红了　红了山岗
大雁南飞　飞回故乡
天边霞光
阵阵雁叫悠长
哀婉的声音
撞响天空的心房

淡淡乡愁
染浓一池故乡的忧伤
树叶落了　落在心上
晚霞浸染　染了鬓霜
河水轻唱
首首歌谣惆怅
嘶哑的嗓音
划过大河的波浪

淡淡乡愁
落满一地故乡的稻香

我看见飞扬的彩蝶

我看见飞扬的彩蝶
在钢架上笔直地站立
这是守候的静态
使我想起了人以外的生命

彩蝶的双翼向上　迎风微颤
触点的火花焊接　与日争辉
灿烂地陨落
偶然的彩蝶
引人注目的围栏
你在网的嘴边
面对纷呈　谁是知己
为谁舞出你最后的美丽

我从城市的地下走上来
黑色背景深邃
如期待的苍穹
在与此而来的黎明中
我看见了
一片彩蝶扬起的希翼

白　色

是谁的明媚扩展我的胸怀
那些走进天国般神往的梦幻
帷幔之中的朦胧
升起的迷惘
向日葵仰视你
有着孩子般乌黑的瞳仁
白色一望无际
冰雪和气层之间的想象

什么时候
一种空寂冲撞黎明
轻纱幔布徐徐拉开
从黑暗淌涌出来的
不再是神秘的昨天

写给对面的米玛仓决

办公桌前
想起
曾在我对面十年的
米玛仓决

那时
你的青春容颜
一张灿烂的笑脸
眼眸里的世界
一直向前

我和你对面办公十年
十年的时间里
有时偷偷看你一眼
偶尔也看你接电话时的
黯然失色或喜笑颜开

米玛仓决
我对面的同事
十年的时间

青春故事
水一样流逝
送走了多少
黎明黄昏与春夏秋冬

现在又是十年
我们依然见面
你灿烂地一笑
你已是我称呼的丰韵老太
我已是你敢直言的半大老头

彼此这样的称呼
不一定认可了年龄
面容总是写给过去
青春一直藏在心里

米玛仓决
对面十年的光景
我们的片段
最青春的记忆
你是否还记得

梦想在建设中

星辰在梦中聚集
灿烂的辉煌萦绕黑色
所有的梦想在建设中

我收拾行装
用双手拢起过肩的黑发
我的手指如藤扭结
我要出去行走
要到陌生的地方
我的心事
正被你颤栗的声音淹没

愿今夜群星荟萃
美丽的梦想在建设之中
那些无以伦比的装束
那些恩赐的温暖怀抱
在暴风雨中悄然隐去

每个游动的灵魂在飞
寂寞的黑色

象征惨淡
我无法理顺的思绪
是梦中的一处风景

想象一个样子
追风而去的牵挂
昨夜雨骤未过
今夜风寒
今夜风寒
这是始料不及的突然

过　程

那片翎羽下
一把未撑开的伞
浮在水中
为了这个期盼的画面
那些自由飞扬的梦
飘进我的头颅
面对夏天歌唱
我眼里就会盈满泪水

我独自从天空曳过
滑翔或是奔跑
眼前被云撕得支离破碎的蓝
如何才能让听见雨声的人
不去寂寞
某些过程
不是在深邃的黑洞里
体会让雨淋透了的清晰

酒　徒

灯红酒绿
灿烂的夜色四处奔跑

这时
我是从什么地方走来
看见了街上游走的画面
要知道
我是极不情愿的
而这个时候
就有许多狰狞的面孔
望着我笑

最后
那些痴痴癫癫写诗的人
就会泪眼蒙蒙地在酒里唱歌
其实
他们像风一样脆弱

到南京与一位老人告别

这位老人
静静地躺在花丛中
安详的面容
与年龄很像
与花不像

此刻
花依然开得灿烂
丝毫没有因为老人的离世黯然
就像老人身边哭泣的小女孩
她哭泣的表情依然透着稚嫩

小女孩是老人的孙女
也在西藏
这是三代人的缘
我献上哈达
代表我的单位
也代表我
因为我是西藏二代

小女孩站在我的身旁
我们一起给老人鞠躬
深深地弯下腰
这个鞠躬
代表我们西藏

红楼梦与我们

红楼梦看了好几遍
贾宝玉的多情
和那玛吉阿米
一碗酸奶的传奇
这都是爱情

林黛玉葬在土里的花
到不了今天的拉萨
我们在最高的城市
唱着花祭
流泪的不是齐秦
是我们年轻的爱情

红楼梦一直是个梦
情人节的鲜花
诱惑不了卓玛啦
一双眼眸的深情
这就是爱情

薛宝钗错把蝴蝶的爱
比作圣洁的雪莲
我们在高高的拉萨
唱着摇滚
疯狂的不是崔健
是我们激情的少年

低吟浅唱

今夜的雨
是否把心淋透
这杯酒
不再是爱情的理由
低吟浅唱
低吟浅唱，是否
唱出了这个初秋的忧愁
月已半
我独坐高楼
痛饮了去年的酒
把那滋味藏在心头

今夜的酒
是否把心浇透
这个秋
也许是长夜的等候
低吟浅唱
低吟浅唱，是否
唱出了这段爱情的缘由
即将走

斟满一杯杯酒
饮下牵强的理由
把那记忆刻在心头

想着你那最初的回眸
我一时猜不透
低吟浅唱
低吟浅唱，是否
是我们的最后
我忍不住泪流

写给失眠

失眠
是上天赐给你
一件真实的时间礼物

天亮的时候
我领悟了这句话
虽然
整个夜晚
我失去了梦里的情景
却获得了
一段漫长的时间
让我去寻找
真实的自己

这是一个嘈杂的夜晚
路边的霓虹
装扮着白天的样子
一个鬼魅的美丽
带给我无限遐想

这是开始
阳光虽然沉寂
但光依旧存在
各种光
给了夜以鲜艳
也带给我
不曾珍惜的时间

好在失眠
失眠是一剂药
让我一个人
大大方方地和你说话

一个场景的叙述

风在肆无忌惮地撞击城市
各种形式存在的墙
被浓缩成一个场景
我在这个场景里
自由地呼吸
想象远处的深邃

背景只是用来权衡
主与次的关系
或者只想表明
眼前可以突出
这个场景的某些特征

屋子里
水壶在炉架上热气腾腾
算是这个场景的主要部分
热气腾腾是水到了沸腾的温度
火在底下决定了一切
这个场景可以用在
对人生的某个过程

熊熊燃烧的火
不一定在歌声里表达
炉子里的火
除了使冬天的房屋很温暖
还能带来一杯热热的茶
茶的品种因人而异
喝茶的人
在什么地方
用什么方式品人生
就由他自己了

我想
要品人生
前提是要具备一壶水
一个炉子和炉子里燃烧的火苗
至于茶
就由自己了

游戏规则

本来
游戏开始
谁也无法预料
这个游戏的规则
是否符合参加游戏的
每个人的心态

但是从这个游戏的本身来看
有些类似于急中生智的做法
就像用手
碰击足球破门得分一样

人生的一些侥幸
格外的激动人心
这本不在于你是否
早就准备用什么心态
参加这些有严格规则的游戏

游戏总是被人为的神圣
逐鹿者在游戏圈子是最顶端的角色

是把游戏玩得最娴熟的人
为之带来的荣誉
不得不使一些人
用卑鄙的拳头
获得某些方面的奖赏

许多身不由己地被安置在
被人遗忘的场景边缘
就像一只饥饿的狮子
在余晖下审视猎物的目光

关于游戏
谁也不知道幸运之手
会在谁的头颅上
用圣洁的光环
去抚摸或触及我们

所以
游戏规则
就是用束缚的条文
不容置疑地创造
更自由的玩法

局部以外

剩下的一部分
在另一个地方站立
这种站立的姿势
带着想象的翅膀展开

局部以外
谁在涂抹颜色
各种纷呈的颜色
在涂抹着
年轻的胡须
是谁承受了它的花白

局部以外
天空
山川
森林
牧场
河流和梦想
格外诱人

在局部里面
面容慢慢老去

面对每一个
令人想入非非的
局部以外
我们遥想
众多的花朵
开满永远年轻的心房

日　子

梦里的阳光
总有一缕明媚照在窗前
我喜欢
也渴望
青涩的早晨
想有一杯幸福的茶
润了心的寂寞
这个寂寞不是别人
只是想
你的一个吻
吻醒了昨夜的醉

我梦想的日子
每一天都有一个问候的早餐
这样我就会期待
太阳西下的时候
幸福地去准备我们的晚餐

日子
总是梦想
想得这样沉重
不是刻意
是心愿

辣椒酸奶

因为记忆
变得甜美
我们曾经年少的歌曲
唱得无怨无悔
生活就是这样无常
有甜
也有另一种滋味
记在心里

因为现在
变得现实
我们穿过彷徨的时间
一碗熟悉的酸奶
加了一勺爱的辣椒
有辣
也许另一个滋味
记在心里

爱是甜啊

也是酸

偶尔一点点辣椒

记住了心里

那一份腻味了多年的

苦涩

缝　隙

这个缝隙的距离
似乎很远
能把握的只有夜的颜色
一种
完美的修饰
在梦境里
诱惑着你那无端的芬芳

时间
在缝隙里收割
一片丰盈的风声
风声里
微小的花朵
绽放着一个远远的梦

春天来了
我会不会把自己晾干
用来填充这爱情的美

即使这是真的
一个赋予我真实的使命
你那飘忽不定的
一个小小的缝隙
美得不可否定的美
凝化为一段
盛满艳丽的朴素岁月

这个缝隙里
一直散发着迷人的幽香
这个幽香软软地袭来
用深刻而善良的锋芒
刺痛我

雨 后

——写给努木

突然的雨
泪流似地
显现着闪闪的纱丽
潺潺的情愫
让我
借一扇玻璃远眺
远方的离愁

现在，雨停了
秋寒依旧
想着一辆满载的车
远远驰去
无数的雨
也随之远去

我掩饰着
离别的难过
将远眺的目光
当作雨后的风景
那金黄的叶子般一样的光

保留着我以往的模样
都说，西藏的雨
说来就来
然而我还未感受
淋透了的
那种说去就去的
刚来的雨的
感动

秋天的记忆

风有些冷了
不知去年的毛衣
丢在了什么地方

风有些冷了
不知去年的酒
和谁一起喝了

风有些冷了
去年的故事
就是一首歌
一起唱了

本来想
这个秋天
是最美的风景
这最美的风景
是不是
被纷繁地摇曳
搅乱了思绪

搅乱了

去年的往事

和眼前

一地金子般

静静的落叶

无题的秋天

有时候会有莫名的一阵忧伤
从秋天的早晨开始
在一轮圆润的太阳
慢慢升起时
我看见了自己
从远远的季节里带来的忧伤

每一次都想穿过黑夜
贴近寂静无声的区域
让黑色的影子追逐而去
不是因为爱情
这个时候再去强调爱情
会有一些牵强
好比浸泡在酒里的记忆
让我一口饮尽

这是秋天
一场雨后的寒冷
让我误会了穿过树林的暖阳
虽然对爱情的向往

就像驻足在一个浪漫的黄昏
希望永远有着琥珀般静止的光影

秋天再冷
还是应该怀着感恩
让我住在生命中
一个深刻的年轮里
面对金光闪闪的诱惑
我该是
绽放在这个无题的秋天里
最灿烂的笑容

我想以后
当我的
花朵凋零
绿叶飘落
枝丫寂寞
这都是未来的冬天
该有的赏赐
包括
还会到来的春

晚　秋

晚秋
一个女孩的名字
拥有这个名字的女孩
馨香文静
羞涩中带着
一丝淡淡的忧郁

在十月的风景里
想起她曾经的爱情
火烧云般的光影中
一只飞鸟
闯入了心灵的空间
打破宁静
又极速而去
温馨的领域
一片灿烂的罂粟
用梦之外的美丽
盛开在一场紧跟一场的寒露中

过去以及未来
突然变得晶莹剔透
一个个仿佛是可以触摸的光
却又像一缕缕风
变得现实
你任性得像一棵树
等待着那只飞鸟的栖息

晚秋
你经历过的记忆
用深刻的诗句
储存了一段青春的意境
此刻树的叶
随着这突如其来的冷
落满了一池的思愁

雾与霾

我苟且的生活里
有一个理想
叫诗与远方
在诗的行间里
充满了幸福的渴望

来到一个新的城市
陌生得有些凋落
诗行里
面对远方
那种虚无的美丽
薄雾里有着诗一般的朦胧
让我想起
行吟的高山雪原
牧场湖泊
这些飘游的氤氲
萦绕在蓝色的天空

不知什么时候
雾和霾成了一个组合

我们面对霾
就像一个沉重的大幕
开启与不开启
都是这么沉重
包括房前和屋后的菜园子
都似乎成了记忆里的囊中之物

我们面对的雾
是美丽的爱情
而面对的霾
则是飞扬的尘土
最终是尘归尘
土归土
一切和诗歌无关
与苟且的生活
紧密地联系着

好 冷

还没有进入冬天
秋收的痕迹依稀
树上的叶子摇曳
田野里的稻草人
还守着散落的麦穗
遥望万里晴空
那一行远飞的大雁

进入深秋
我害怕过往的风
助长内心的焦虑
焦虑这秋天瞬间老去
就像一个老去的光藏在角落
鲜亮刺眼但不温暖
虽然这光点亮了
我内心柔弱处
那一丝面临冬天的坚强
但是已经冷了的秋
是否就是窗外的冬
渐渐地打马而来

好冷的风就在窗外拂扬
从一座城市
到另一座城市
一个季节的距离
汇成最深刻的印象

在这个好冷的日子
遥想一朵绽放的花
出现在夜深的梦里

我的周末

我的周末
有的时候
天空的云浓得可以拧出水来
也有的时候
骏马似的白云
在天空中奔腾而过
当然
更多的时候天依然很蓝
蓝得有些孤独

我的周末
打开各种天气的模式
带着一种心情
不管怎么纷繁的云
都是一种梦境
就像我如醉地走向你
花落满地的四季
诗歌和孤独重返
彼此怀揣对方的温柔
在酒的诗行里

借着纷繁的梦
搅乱这个深夜的寂寞

我的周末
想在大大的床上
狠狠地伸展一下身体
顺手摸一本书
静静地阅读
期间或有一个远方的问候
当然也有口渴的时候
大口大口喝着
床头边准备的一杯水
水里有一种恬静的饥渴

我的周末
也可以是自己的阳光
保持着原始的态度
裸着身子去卫生间
把心里的不愉快
用一泡尿
撒了

同　学

很久以前我们在梧桐树上
在成长中沐浴友谊的光芒
在追随英雄的背影中
唤醒了内心江湖的豪放
在同桌羞涩的眼眸里
我掩饰不住对异性的遥想
在青春的昭示下
那种懵懂的情怀关不住放飞的梦想

很久以后我们在梧桐树下
在打拼中落下疲倦的翅膀
在一杯牵强的酒里
模糊了内心明媚的阳光
在爬满面颊的皱纹里
我掩饰不住对过去的怀想
那以后的日子里
只有耀眼的光芒让我在记忆中闪亮

彩蝶般飞舞的叶

叶子是整个世界破碎的意象
落下的和没有落下的
都是美丽的蝶
包括一些虚拟的翅膀以及往事

天空独自守着一份孤独
多少诗句徘徊
在秋天的语境里
那一行行支离破碎的日子
飞舞成心里的落叶
树叶终将呈飞舞的姿势落下
将大地滋润得地肥土沃
也滋润了你的脉脉温情

色彩渐渐浓了
季节很短
这彩蝶般飞舞的叶
迷人地闪耀着金光
它注定是
一支忧郁的歌

老朋友

酒只是引子
友谊才是醇酿
我们相聚在这个美好的日子里
虽然有许多
还没有到来的朋友

推开窗户
友谊扑面而来
耀眼的光线是最深刻的见证
我们相互欣赏的目光
在藏历初一这天
幸福地散开
这里没有虚假
没有伪劣
没有折扣的销售

春天悄悄降临
大地正日夜不停地返青
这个令我们记住的日子
在无数熟悉和陌生的眸子里

盛开着友谊的花朵

真心朋友

每一个人的身影

都是高高的山梁

值得信赖

停电了

突然停电了
一把孤独的钥匙
碰巧打开了一扇寂寞的门
我凭着这个周末的睡意继续入梦
世界真是太安静了
远处施工的工地
于幻觉中张开了翼翅
轰隆隆的强劲
被这少有的安静压抑着

停电了
许多激情在涌动的河水中四处流去
就像心中早已酝酿好的美丽词汇
都在这殊异的声响中流失

停电了
真的停电了
当所有的梦想被现实推翻
只想用电热壶烧一壶水
让我饥渴的内心
品尝这个周六慵懒的早晨

无　题

这么晚了
故乡的村庄已经熟睡
我生活的城市
夜在彩色斑斓里依然生动

这是因了远方的朋友
因了一份蓄满已久的热情
我要和他们
不去为酒精和黎明的懵懂纠结
我知道
夜与晨需要梦的链接
但我想
酒也能把长长的夜
浓缩成一个精致的片段

这么晚了
朋友说
在家乡早已入梦
我说
我的家乡一直在酒后的梦里

因为西藏

——写给罗少波

因为西藏
你来了一次又一次
每一次
我都和你醉倒在
拉萨绚烂的霓虹里

今年
你再一次来到西藏
你说
你要去没有霓虹的地方
那个地方
有一醉方休的辽阔草地
草地上的牛粪旁开满了格桑花
有一首牧歌
一个会打酥油的姑娘
她的笑容一定灿烂整个天空
这片天空如此的近
就像驻足在滞留的美丽黄昏
一杯香甜的茶和暖暖的天空一起

散发着她温馨的气息
让人感动

我从内地来的哥哥
今天你从高高的草原回来
因为西藏
又一次和我醉倒在霓虹里
霓虹灯下
你唱着草原的牧歌
唱着唱着
一行眼泪就流了下来
这行眼泪
带着感怀的心情
舞动着透明的羽翼
来到了这个让我们都感动的深夜

这是一行温情的眼泪
就像西藏的山脊上
被岁月冲刷的沟壑
因为你的西藏
留下了
深深的记忆

二十加N

——写于米卓生日之时

今晚
一个意外
让我得知你的生日
因为你从来没有告诉过我
在我们酒酣的时候
你腼腆地暴露了

你的生日
我知道得有些晚
不是年龄
是日子
这个日子
让我招架不住
这个美丽的邂逅

多少年没有过一个
理直气壮的生日
既然偶遇这个日子
我们就是想借你的生日
用一杯杯酒的热情

一起唱歌
相互敬酒
一起拉着手
用一份真心
谈少年的理想
唱梦里的歌谣

期间也有
某些酒后的
对你一腔
年少的轻狂

怀想这一路夜色

此时
夜已经不再是夜
过去的许多词
早已从羊肠小道
变成了错综复杂的蔓延

我们漫不经心
城市　天气　家乡
包括夜色里看不见的蓝天
料峭的风一直在七月的拉萨徘徊
绚烂陪伴着青春
虽然大度
但也忍不住地流逝

我们都远离故土
家乡的零星记忆
回旋于一个个片段
偶尔触及痛处的感动
用文字也都无法企及这种高度

让我在这个夜里
思念与日俱增

夜里的光与白天不同
走在夜色的影子或长或短
就像捉摸不透的情绪
一只鸟惊醒了心里的落寞

回过头来
十字街头的绿灯
舒畅着心境
这是一条流在心头
脉脉而动的河
在我剧烈的心跳里
再一次接受
这一路
穿透夜空的怀想

想起童年的慈松塘

慈松塘
在拉萨北郊
这里有一条河
叫流沙河
慢慢流过
那是童年的歌
天上的云朵
飘过慈松塘
童年的欢乐
随那岁月的河
潮涨潮落

慈松塘
在拉萨北郊
这里有一条河
萌动的河
恍然流过
那是往事的暗河
藏着欢乐的歌
流过慈松塘

青春的失落
随着记忆的河
潮涨潮落

童年的慈松塘
有一条记忆的暗河
像那茫茫星空里
一抹流云的长河
时光不经意就溜走了

蔡公塘的记忆

窗外的鸟鸣
唤醒了曾经的记忆
记忆里
在拉萨东郊的蔡公塘
小路延伸着笑语
晚风吹过
我们相互依偎
有聊不完的话题
一段青春痕迹
就像你送我的诗句
隐藏着许多秘密

爱不是游戏
现在才知道了珍惜
记忆里
在拉萨东郊的蔡公塘
田野扩展了夏季
大雁飞过
拉萨河依旧向西
留下了许多过去

一段青春短剧
反复在脑海里演绎
扮演痴迷的自己

拉萨东郊的蔡公塘
辽阔的田野里
弯弯的小路
延伸着梦的距离
再远的距离
都远不过相思的痴迷
渴望一个相逢
在美丽的夏季

功德林的夜雨

走在功德林
有一个模糊的记忆
闪闪烁烁的往事
一个雨里没有伞的自己
你的转身
我无助地哭泣
淹没在喧嚣的车声里
泪眼望　天无语

走在功德林
寂寞中萧瑟的雨夜
深深切切的相思
风吹过落下一地花瓣雨
我看见了
那个让我流泪的夏季
你游离在我梦的世界里
情难舍　常相忆

功德林的雨夜
缤纷的霓虹里
我寻找的影子
是不是自己的孤寂
和那挥之不去的
对你的记忆

想做宗角禄康的一只水鸟

故乡是远方
也是栖息的地方
宗角禄康
圆圆的月亮映在了水中央
有一个传说
达娃卓玛
为了爱
回到了山南故乡
就像湖中的水鸟
飞向南方

我不回南方
因为你爱着北方
宗角禄康
弯弯的月亮冻在了水中央
每一段回忆
锁住翅膀
因为你
我用一生的坚强

守候过往的时光
和你飞翔
我只想做宗角禄康的一只水鸟
和你一起在冬天里
飞翔

一生一世的帕崩岗

如果没有月亮
哪有月下迷人的目光
如果没有月亮
哪有月圆的梦想

帕崩岗
一生一世的帕崩岗
美丽的语言如珍珠
落在这块石头上
生命中的绝唱

如果没有月亮
哪有月下思乡的惆怅
如果没有月亮
哪有期待的彷徨

帕崩岗
一生一世的帕崩岗
美丽的音符如珍珠

载着记忆的那刻
用生命来唱响

一生一世的帕崩岗
珍藏着一轮吉祥的月亮
地久天长

在慈觉林眺望布达拉

和你在慈觉林享受浓浓的斜阳
享受满园的花香
我们就这样静静地眺望
眺望布达拉上的云裳
云裳好似天上牧场
成群的牛羊
漫步出爱情的诗行

和你在慈觉林感受静静的斜阳
享受融融的酒香
我们就这样远远地眺望
眺望拉萨河流向远方
河水好似天上琼浆
清澈的河水
浇灌着美丽的家乡

和你一起享受慈觉林的阳光
对面飘着布达拉的云裳
拉萨河静静流淌
和你一起
享受一段我们的时光

梦里花开

路有路转的峰回
风有风吹的力量
我不愿
路迷失了方向
风吹乱了梦想

花有花开的风光
叶有叶落的惆怅
我情愿
花会开错季节
叶会随了他乡

我愿
秋天老了记忆还在
冬天冷了心里还暖
前面的道路再曲折
春天
梦里的花会开

午夜的宇妥桥

午夜的宇妥桥
天空月色苍茫
一首情歌
飘过许多夜的奢望
带着寒冷的锋芒
刺痛了心脏

午夜的宇妥桥
灯下一地落霜
一个故事
多少个失眠的晚上
散发着夜的幽香
期待着芬芳

寂寞的风
有些疯狂
吹乱了宇妥桥上
灿烂的光
夜色里

一杯酒的天堂
有你
有我
还有那
虚构的梦想

哪去了

青春的故事里
花在开
回忆是否是
美丽的借口

光阴不停
唤醒了青春的回忆
我们的故事哪去了
回忆慢慢苏醒
苏醒的时候夜已深了

我们的理想里
花在开
前面是否有
期盼的黎明

记忆深刻的
其实就是平凡的故事
我们的相聚迟到了

待记忆慢慢清晰

清晰的时间却模糊了

时光不停

青春不在

慢慢寻找的记忆

哪去了

我的冬天睡着了

我的冬天睡着了
在春天来临之前
天使们展开想象的翅膀
在天堂的天空

平安夜
我看见安徒生的女儿
用火柴划亮的世界
她的双眸和僵硬的小手
被这摄入心魄的震撼惊醒

我的冬天睡着了
而这个冬天
始终没有下过一场雪
正是这个被我遗忘了多年的童话
敲响了记忆中平安夜的缄默
这个用火柴划亮了我的童年的女孩
她的灵魂在书页中醒了

书桌上
敞开的想象插上翅膀
我的火柴
我专门为这个平安夜准备的火柴
一道亮光
慢慢从瞳仁里消失
这个过程
让我看见
从最后的韵律
向我迈进的仙子

在这个睡着了的冬天里
我的灵魂充满了幸福
因为小女孩
曾经从她幸福的火苗里
看见了她期盼的喜悦
在途经天国的道路上
那些开满想象的花朵
从温暖的晴空中飘来
和我结伴

羌塘随想

刚到霜降的节气
风不止是很凉了
雪铺开
一朵朵如棉花般盖下来
此刻
云就像泼开的墨
浓浓的
一股一股
色彩丰富的羌塘大草原

这是一个纯粹的冬季
虽然来得有些早了
冷暖之间快速跳过
深秋美丽的初寒
两个季节肩并肩
如姐弟般交融着分明的个性

我来到羌塘
有雪也有充沛的阳光
表面的河水已经静止

时间在走
雄鹰在飞
天路在脚下延伸

羌塘
遥远的远
一路上凝固了
许多过往的风景
颠簸中能否用瞬间的词
记录你的大美
那些各种的形容
在脑海里翻飞
乱了思绪
此时，寒意深沉
我梦里的羌塘
一直是寂寞的黄昏
帐篷　炊烟　牧笛
还有一首情歌

这场雪
覆盖了你骄傲的山脊
眼前延绵的群山
静卧在羌塘大草原
宁静得像一个梦
梦里你在天涯之外

羌塘
我想安静地
蜷缩在你的怀里
用你的心跳
抚慰我
因为我也是你的孩子

遇见惆怅

我能感觉到自己的累

天空慢慢用灰色落下了帷幕
用一天中最长的影子
拉开了现实和梦的距离
我不会说自己很累
等待帷幕落下
让黑夜包裹
就没有了现实和梦的距离

想象两个人守在夜里
用计数的方式
数星星也数未来
那么
未来就不在梦的范畴
就像咖啡忘了加糖一样
我能感觉到孤独的身影
浸泡在这首诗里的冷
这个碎片般的意象
涉及到了不愿提及的往事

我是这样疲惫

犹如一场突如其来的雨

夜里的冷

每个夜里

那种透彻心底的冷

让我感觉到了

自己的累

我不断地整理着翅膀

我想飞
却一直没有方向
我不断地整理着翅膀
其实就在整理想飞的心
这个冬季已经过去
我已然看见了春天的容颜
感受到了春的气息

我也怀念夏天
夏天的拉萨花枝招展
可以遥望
蓝天白云和美丽的格桑花
享受着
一双纤细的小手
为我整理翅膀

天空辽阔
我整理着翅膀
也整理着自己的思绪

年复一年

想飞的梦依然是梦

春天来临

世界瞬息万变

我不断地整理着翅膀

翱翔在每一个季节的想象里

黑色的墙面

黑色的墙面
不是夜晚
也不是孤独
就因为那黑
黑的善良

还有那笑脸
笑得让我只有感动
感动于深陷在
热衷的事物里

早早的
花便开了
在夜里
黑色也很纯粹
纯粹得犹如春天的桃红
让我看见了
你灿烂的笑容

黑色的墙面
一览无余
我在黑夜
用顾城的那首著名的诗
一遍遍寻找自己
寻找一种黑色之外的闪亮的点

黑色的墙面
不一定是黑色的思想
它可能是消失的青春
或许是一种拒绝或妥协
黑色一直存在
并不一定用一面墙作为寄托
其实
单纯的黑色
也是纯洁的

有一个早晨

有一个早晨
阳光从玻璃透过温暖
我看见了
一只过冬的蝴蝶
在花池里飞舞
花枝上没有花
凋萎的叶子墨绿墨绿
保留着夏天的痕迹
花瓣散落花池中
在根的地方默默躺着
享受土地广博的心跳

蝴蝶飞动的姿势
是冬天里我见到的最美舞蹈
这个彩色的生灵
采撷着粮食或爱情
它穿梭花枝之间的样子
就像我们穿梭于楼群之间
只是

花枝的形象
和我们的距离有别

看见这些
这天的午饭
我如同嚼蜡一样
咽下了一口坚硬的大米
然后在阳光下
酣然入梦

有人说
有一只蝴蝶
在我饱满的前额停留半晌
因此
我做了一个温暖的梦

最初的雪

我看见最初的雪
在梦里铺天盖地地落满
这个时候的雪
是冬季最浪漫的温暖

我是顺着一行足迹漂泊而来的
我知道我饿
我需要粮食
或者一个明亮的天空
而我却被城市暴露的线条
勾画出来的假设所迷惑
我就从这些假设中
产生了漂泊的念头

眼前的铁轨是城市通向农村
或农村向往城市的道路
铁轨很现实地并驱而行
这段伸手能触摸的距离
是否能牵住我的遥望

落下的雪
在我的身上停留
这个并非轻描淡写的夜
变得凝重而双眼充血
雪被我沸腾的思想融化
淋漓着我的心痛

列车鸣响
载着纷呈掠过
我在铁轨的边缘
最初的雪
潇潇洒洒
落成厚厚的雪地

捉摸不透的春

在夜色吞噬空寂的灵魂时
我才感到死亡和新的生命
被那一弧之上
最耀眼的光点
彻底照亮

春天
有些被忽略的
或者被曲解的诚意
是不是已经披上了谎言

我是从冬天开始等候
轻轻从心的悸动中
拂去的暖风
让我面对你的缄默和春天的萌动
去寻找那双深邃的眼
在这个捉摸不透的春天里

时间掌握着冷暖的尺度
而此时的我

却只能把握一杯酒
用一个释然的故事
饮下整个夜晚
好让这个捉摸不透的忧郁夜空
感受一种被称之为生命中
最鲜艳的色彩

这个春天好冷
春天里的冷
像是被赋予了一种使命
如一阵一阵潮水般涌来
震痛我

失眠状态

夜很深了
我好想睡
但是
总有一个有节奏的声音
从故事里来
午夜，天空漆黑
寂寥的星星偷窥着
遥远的想象

夜色里昏黄的灯光
迎合着失眠的情绪
都带着故事里
想期待或继续的结果
当然，偶尔也有
仙子般的声音从天而降
声音像一只北回的候鸟
一阵风飘渺空灵
带着阳光下洋溢的云彩
香雾温暖飘来
膨胀了午夜的睡眠

此刻的状态
从深渊般的寂静升起
那种发自内心的睡眠
因更深刻的寂静
而失眠

夜已经很深了
我强迫自己入眠
想象中
一直在默默地问自己
午夜里还有许多没有睡的
都很执着的人们
用什么一种方式
消遣漫长的黑夜

他们又因什么
不睡

随你漂泊

夜收拢了翅膀
风儿一直在响
回家的路上
霓虹闪烁着迷茫
想你了
好远的地方
想你的快乐
不是在我的面前假装

心随月影飘荡
带我遥想远方
思念的惆怅
乱了满天的星光
想你了
好远的地方
愿你的快乐
用我一生的祝福收藏

窗外的风一直在响
带我的心灵漂泊到远方
想你了
真的想你了
想那一路艳阳
那最美的浪漫时光

夜深了

夜深了
我无可奈何地领略
不情愿的孤独

其实我曾经试图
伸长脖子
眺望丛林外的霓虹
那眼花缭乱的纷繁
收拢了夜的妩媚
许多烛光般摇曳的表情
让我疲惫的眼睛
再次亮了起来

我在摇曳的烛光里
遥想着异地的风情
听说了千里之外的地方
突然落下了一场雪
这场雪
对于有些人来说
是过去和未来十几年

都铭记的喜悦与梦魇
有一个老人归途的步履
再一次踩碎了天边沉落的晚霞

这个夜晚
有的人在爱的人面前把自己拆卸
也有的人翻乱了电视频道
把自己重新组装
只有充着电的手机
隐没了白天的色彩

在同一个日子的深夜里
我用深夜的孤零
借着陈年的老酒
细数远方你的眼泪和美梦
让我在这个不眠之夜
感受着你呼吸的热浪

夜深了
灿烂的部分已经封存

我看不见你

也看不见白天的我

单薄的月亮高高在上

轻轻地对着霓虹唱着你的忧伤

夜深了

你的梦芬芳恬静

依稀

踏着渺渺的歌声远去

而我

没有理由不去孤零

我已习惯了半夜写诗

有感冬天

瘦马斜长的影子是一幅画
这时风吹进深色的山坡
草的根不再是湿润的绿
我伫立这幅画之外
把呼吸都和他融为一体的时候
冬天就悄然而至了

我习惯于在冬天
聆听天空干净的鸟鸣
习惯于用热气凝成各种想象的梦
许多我始料不及的意外
望眼而去的褐色瞳仁里
这个冬总是坦然地裸露着
坚实的骨骼和沧桑的肌肤

我不止一千次渴望和冬天融为一体
和梦中的情人握手相拥
当寒风拂来
在我宽厚的大衣里总有一只小鸟
依偎在我温暖的怀抱里

记忆重庆

许多往事
让我想起了
那些过去
记忆的重庆

我用童年的明眸
仰望那座高耸的碑
然后穿越立交桥的记忆
和那些相互攀比的高楼
还有此刻的梦
梦里
想象的初恋
容颜依然年轻美丽

我的重庆
是不是
上半城为城
下半城为水
城是静止的等待
水是流动的思念

无论如何
我梦里的重庆
都青春靓丽

梦里的重庆
藏在浓浓的雾里
你坐在
上半城与下半城之间的阶梯上
看流动的江水
沿江水而上的上游
有一份深深的爱
因你的重庆
和我的西藏

重庆
你的重庆
虽然我已把他乡当故乡
重庆
依然是
故乡的重庆

进　入

我将进入
这个带着微寒的
夕阳下穿梭的瞳眸里
暗淡的影子
和我等待黑暗里
一盏光明带来的忧伤

我将进入
让我从喧嚣的
车轮碾过的声响中的沉默
像一阵划过的陨星
向我投来的忧伤

我将进入
我的思绪闯入我
梦里守候和承诺
是早已许下
向我走来的忧伤

我将进入
梦一样快乐的
故乡和田野
带来的一种
他乡的忧伤

我有一个梦想

我有一个梦想
梦想古老的高原静谧安详
那是西藏天堂
我生活的地方
永远是我的家乡
静静的溪水汇成河流向海洋
是那永远的歌谣
轻轻传唱

我有一个梦想
梦想格桑花开遍美丽家乡
一缕幸福阳光
一片灿烂艳阳
我享受你的怀抱
碧蓝天空永远是真实的想像
我要唱那一首歌谣
回响天堂

我有一个梦想

放飞一首歌谣

随那梦想飞翔

飞向西藏

我想喝醉

让酒的泡沫
慢慢侵入我紧闭的胸怀
展开自己的想像
和那久违的青春岁月
梦想在黑夜里搂你入睡

让酒的度数
快快沁透我跳动的心脏
收紧昨天的记忆
和那伤心的幸福爱情
大口的酒在黑的夜里麻醉

我想喝醉
不把家回
遥想无垠的天空
想去体会醉了的美

我想喝醉
没有借口的醉
漫天星星看着我
等待一次体面的机会

一个人的爱

没有了夜
所有的思恋
都像永远的太阳
暖暖地照耀着寒冷的大地

这是一个温暖的冬天
虽然有些笨拙
也有些徘徊
却给我留下了许多美丽的遐想

我们知道
一个人的爱
一定是建立在两颗心上
不管是现在
还是将来

给今天过生日的人写一首诗

一年一年不想过的生日
还是过了
一年一年不想老去的日子
还是老了
今天我加入到了从一岁
到期颐之年或是更大年龄
都有人过生日的日子

有欢乐的聚会
美好的祝福
有分别的思念
有他乡的惆怅
也有战争的眼泪和哭泣的废墟

今天最惹人注目的
是一位七十岁的老人
当选了下一届的美国总统
今天也是他
另一个意义上的生日

以前生日的时候
我总是有许多向往
就像悠悠的云里
有浓浓的期待
浓浓的期待里
藏着一份深深的渴望
而今天的生日
只想写一首淡淡的诗
送给自己

人生的年龄
好像是倒在手心的水
不论你摊开还是紧握
终究还是会从指缝中一滴滴落下
好比今晚
生日蛋糕上点着的蜡烛
闪烁的光亮下
有一行行泪悄然流下

祝生日快乐

我忍不住哭了

这些天好多事
在心里压了又压
好多莫名的感动
好多莫名的想哭

我想哭
压了又压
一部电影的情节
一首诗的词句
我压了又压

我还一口气
阅读了一整部长篇
这部长篇
像是在写我自己
我压了又压

当一个军人
和她的名字
与蓝天一起

出现的时候

我忍不住地哭了

此时

我忍不住地哭了

我是多么地想哭

老 家

三月料峭的风
吹乱了
草垛下母鸡带着
一群小鸡刨食的画面
这个画面
在我童年的西藏
从父亲思乡的语境里
慢慢生成

慢慢生成的还有
老家的亲人们
一张张模糊的面容
我现在的故乡
是故乡的亲人们常说的他乡
为此我把我出生的地方
叫做老家

老家，对于我
是一个个片段
由道听途说组成的画面

在我刻骨铭心的记忆中
我的老家
显现在一片痴情的
语无伦次的诉说里

现在
一个冬天过去了
又一个春天回来
春风
吹皱了老家静淌的河
吹醒了蛰伏的生命

这些天
老家在我的脑海里
万马奔腾般地涌现
先是一排篱笆
一池水塘
后是水塘里鸭鹅成群
隔着晨雾
看远远的油菜花
盛开着一片思念的心情

老家的春天
在我无限的想象中体现出来
从一扇柴门

一首晨曦的歌
一直到那条长长的石板路
一道夕阳洒下的温暖
袅袅炊烟和牧归的远方表弟
都是我描绘不出的美丽风景

前几天的微信里
父亲说
我的幺公走了
听到这个消息的时候
亲人们的面容
一张张在我的脑海里闪现着
我理了一下思绪
便想起了很早就已去世的爷爷
由爷爷联想到奶奶
再由奶奶到外婆外公
舅舅以及那些离我们而去的亲人们

我在西藏三月的料峭里
抬头望着略带冷意的
一丝浅灰
泼在蓝色的天空

此时
我尊敬的长辈

远在老家的幺公
鲐背之年仙逝
还没有从幺公仙逝的悲痛中走出
又一个电话说
我的大表姐去世了
我大表姐在西藏打工的儿子
哭诉着他的悲痛

这时
我突然想起一句诗：
姐姐
是一阵什么样的风
把你的歌声吹散了
歌词颤动在草叶上
一只低飞的鸟儿泪眼汪汪

电话里四表姐安慰说
人老了
就好似树上熟透的果子
风一吹就掉进了土里

这是一个心疼的三月
阳光沉淀着冬天的痕迹
有风吹过
为亲人们的离世悲鸣

从哪开始

一种寂静
不代表沉默
或许就是一道
有准备的光芒
即将刺来

时针在表盘里转动着
这是要从哪开始才算起点
时间会响
我说时间会响
不是那种嘀嗒的声音
它是一种从早晨开始的吞噬

梦里梦外的光芒倾诉着自己
时间在用一种穿透浑浊的瞳仁
穿透一切伤痛悲哀和跳动的心脏
在最美的花蕊里
酝酿生活的蜜

与伞有关的心情

今年这个夏天有很多雨
每个人出门都准备了一把心情的伞
每每有雨的时候
我看见了一个常见的风景
伞在天空下
那是另一个世界

因此我想起一段很久以前的爱情
这段与伞有关的爱情
也就在一个有雨的季节
变得苍白而无力

我在有雨的季节回忆
回忆是最好的阳光
因为那段灿烂的日子
有一个错误的承诺
在伞下随雨而逝

落叶飞

风在窗外吹
心好比落叶飞
飞累了慢慢往下坠
玻窗映出斜阳醉
我看见了你的泪
无声的眼泪
淋湿了枯萎的玫瑰
用思念相会
痛彻心扉

风在窗外吹
心似落叶飞
心累了渐渐支离碎
玻窗映出模糊泪
那是秋的诗句
依然无怨无悔
灌溉枯萎的玫瑰
我不怕憔悴
只为欣慰

风儿使劲吹

落叶满天飞

我要陪你落泪

陪你一起飞

一生一世

年年岁岁

不后悔

冬日的阳光

一个孩子
在冬日的阳光
伏在一张干净的纸上
画一个有太阳的风景
这轮太阳
很温暖地透过阴霾
暖洋洋地呈现在眼前

这个孩子
接着就给纸上的太阳
涂上红红的颜色
在太阳浑圆的边沿
勾上金色的光芒

然后
他又抽出一支绿色的笔
在山的轮廓上
点缀了生命的颜色

接着
他就形象地
把村落、小溪、青山的名词
按部就班地组合

这样
一个灰暗的心情
就在阳光的照耀下
诞生

有关牙痛的诗

一颗牙
隐隐作痛
真想拔了
医生说牙痛要治
治不好再拔
不过
没痛之前要养

我想
牙痛可以治
心痛怎么办
治不好
把心也拔掉吗

记得几年前
拔了两颗牙
牙不痛了
心情也好了
但是

咀嚼的时候
总是有些力不从心

现在牙拔得多了
于是心开始痛
这些年的心痛
是不是因为
轻易地拔了
不该拔掉的痛

深邃的眼眸

寒意浓了
落了的和没有落的叶
都有了归宿
温暖的酒吧
离记忆越来越近
近得只有一杯水和酒的距离

夏天的日子
没有觉得有一种期盼
会像冬天一样短暂
一杯水里
除了一个眼眸的深邃
更多的是
藏在里面
酒一样窖藏的时间

冬天有冬天的阳光
夜晚有夜晚的思念
谁能喝出酒里
那种淡泊的味道

就像
淡淡的一杯水
藏着酒的浓烈
醉在这个
深邃的眼眸里

那年月

突然想起远去的八十年代
我们是一群初中的小孩
一尺二的喇叭裤横扫大街
看见隔壁班的漂亮女孩
我们就唱
这么多的瓶瓶一个盖盖

那些害羞的女孩
像一枝红花含羞待开
那年月拉萨的郊区
就在五岔路口外
沉甸甸的青稞风中摇摆
爸爸给我的老式单车
常被同学们骑坏

五四青年节的游玩
罗布林卡是漫长的期待
打弹子跳皮筋
从来不会耍赖
偷偷地抽支烟

能吐出一连串的烟圈
一毛钱一杯的甜茶
现在已经不存在

突然想起八十年代
已经十分遥远
现在的我们学会了实在
实实在在的工作
是加班后的感慨
实实在在的家庭
不知以后的好坏
实实在在的孩子
是我们最大的爱

不知道我们的小孩
他们唱不唱
喔喔
这么多的瓶瓶一个盖盖
这么多的瓶瓶一个盖盖

唱歌的时候想起了你

本来日子一切照旧
阳光灿烂地从东山顶上升起
到鸡蛋黄般的样子落下
过去从来不会注意太阳落山的模样
因为青春的我从不关注夕阳
可是明天是端午节
今天有准备地等待天黑
于是我看见了太阳
一天中最后的样子

这个时候
我闻到了煎蛋的味道
这个味道
从我十岁生日到现在
一直铭记在心

因为那一天
也是我邻居一个女孩的生日
我十岁的生日

吃了部队食堂里
一个圆圆的馒头
这个馒头像是
一部戏曲电影里
飞出来两只漂亮蝴蝶的土堆

十岁的味道
一直萦绕在我青春的梦里
从梦里诠释青春
也从青春看到了梦的情景
诗歌是邻居女孩煎糊的蛋
她说生活很重要

在嗨歌的夜晚
思绪有些乱
歌声炸开了夜的寂静
灯光闪烁
映衬子夜过后端午节的主题
今天没有屈原

也没有诗歌
诗歌就像我前不久逝去的朋友
只有心里的怀念

午夜
一首一首歌重复地唱着
一杯一杯酒豪放地饮下
我不知道明天
当太阳鲜艳地从东山顶上升起
我会不会把他当作
一个落入锅里的鸡蛋

虽然十岁已经过去
鸡蛋黄
晶莹剔透的夕阳
酒后嗨歌的时候想起了你
不是隔壁的女孩
也不是投江的屈原

风的痛

我真的听到了秋的呻吟
这是通过一片垂暮的叶
痛彻在深夜里
此时
我在霓虹灯的掩映中
穿过街边一排真实的树
感受到了迎面而来的风的痛

天冷了
大地的叶子纷纷落下
往昔的旧事被秋天一一带过
那些虚构的人物
牵扯了我一整年的心情
以及一地的叶子
占尽了我一整年的视线
覆盖着秋天的单薄

秋天的声音从天而降
这个声音萦绕在富丽堂皇的脑海里
它扩散在一个深刻的风的痛里

云朵儿

这是一朵属于我的云
我在天空、水中或忧郁的瞳仁里
能扑捉到的云

在一场大雨或大雪之后
沉淀的薄雾里能感受到
你的气息和娇柔的一声长叹
这样我就有许多
要对着星星或月亮说的话

云朵儿总是要飘逝的
即使我把云朵的这些印象
统统存入脑海
去完成一个被人赞叹的塑像
在体验漂泊的命运时
谁会把他悄悄暴露

云朵儿总是要飘逝的
这是让我抬头的惊喜
那片即将消失的光芒

歌者不止一次地唱着
于是我想起了一支笔
一支挺拔的能抒写语言的笔
想起了
晨霭中原野歌者的模样

云朵儿总是要飘逝的
云朵儿在夜晚也很洁白
我用心注视着你善良的瞳眸
这和我所遇到的意外
寄放在这片蓝色天穹的云朵儿一样
是唯一能使我安定下来的云

回忆是一种欣赏

静静的夜晚悄悄来临
谁在夜里准备行装
带着微笑
要去很远很远的远方
用流浪回避记忆的迷茫
要去寻找一路星光
都说回忆是伤
其实回忆也是一种欣赏

淡淡的记忆慢慢绽放
你像春风扑面而来
带着渴望
要去很远很远的远方
用记忆闪烁浓浓的坚强
还有一丝淡淡忧伤
都说回忆是伤
其实回忆也是爱的仰望

都说回忆是伤
其实回忆是对生命的欣赏

我们喝酒

也有过迷茫

我们一起歌唱

也闪烁渴望

都说回忆是伤

回忆是伤

回忆不是伤

那是对生命的仰望

落叶与情绪

看见冬日里
几片垂悬在枝上的叶
就像白昼里
挂在天上的月
我想
这些都不愿被时间控制的
很任性的悲凉
只要存在
都穿透了一种梦的苍茫

再换个季节思考
就像换个角度来看一样
夏天时偶尔落下的叶
是不是也把生命当作了
一次任性的结局
让迟迟来临的秋天
在灿烂的阳光下
哀婉叹息

其实

树离我们很近

近得就在呼吸之间

相互关注着彼此的细节

就像依偎在怀里

倾听思想的心跳

一年年轮回的季节都是无辜的

只是我们平添了一些情绪

让自己在特定的日子里

用落或者不落的叶

完美地表达了自己的固执

叶终究会落的

新的叶也会茂盛

一阵风

一阵风
吹走了夏天的收获
还是吹来了叶的飘落
一阵风
吹走了昨天的欢乐
还是吹来了今天的寂寞
一阵风
吹走了一朵淡淡的白云
让我变得如此的没落
一阵风
吹走了世界的辽阔
还是吹来了爱的寄托
一阵风
吹走了现实的生活
还是吹来了昔日的传说
一阵风
伴着一丝远远的记忆
让我珍惜凋谢的花朵

为什么
只有在秋天叶的飘落
才想起生命的脆弱
当一阵风吹来
能不能把思念一起带过
那背影是那样的轻淡
不想秋天
只想让生命继续在
一阵风里
停留在幸福的那一刻

风吹过

风吹过
总是
随着季节
心情起落
风吹过
眼前花落几朵
风吹过
满是寄托
风吹过
白云散落
风吹过
笑容寂寞

是你
还是时间的错
擦肩而过
风吹过
花无错
等待
风中的花
徐徐落

遇见爱情

天边阿里的思念

漫漫长路好远
雪山挡住眺望的眼
却挡不住爱的思念
当一排排红柳出现
在天边的阿里
我们突然遇见
那一瞬间
好似早有预谋
带给我惊叹

遇见是一份缘
阿里永远高高在天
我匍匐在你的眼前
幸福的花开得灿烂
在神山圣湖边
我们回眸一眼
刹那之间
爱如往事尘烟
纷飞在指尖

天边阿里

我不经意地回眸一眼

好像等了千年

时光蔓延

今生遇见

不是迟来的爱恋

幸福美好

流年人间

泪　点

在这少有的阴天里
拉萨
一场雨
淋湿了
你和这广袤的草原
那些流转的时间里
拉萨
这场雨
淋湿了
我和这熟悉的记忆

这是我的泪点
浅浅的泪点
因为感动
与这淋漓的雨
和你
期盼再相见

这是我的泪点
记忆的泪点

与这细细小雨
和你
一样的童年

我的泪点
在城市的那边
一片高高的蓝天
一个暖暖的遥远

我在拉萨
回忆那一点一滴的
你和童年
都是快乐的泪点

四月的雪

四月的雪
重新回顾了
拉萨冬天的风景
这个季节里
飘落的雪花
虽然有些不合时宜
可是寒冷
在这个周末的睡眠里
驻入了我的世界

我想，此时
有一对恋人在
雪中相互依存
两双足迹
在雪地上火热而去

我想，也许
一个小小的误会
让一个平静的雪夜

不再平静
让酒后的游戏
乱了地下的洁白

懒懒的窗外
一片片雪花
封存了
所有对春天的遐想
窗外，所有透明的
都在展示着凛冽
就像失去关爱的一滴眼泪
而这滴眼泪
可以模糊了眼睛
也可以模糊一段爱情
或者一片蓝天

落雪的四月
让一个城市白花花地
膨胀了

好多借着这场四月的雪
用来刷屏的图片
都有自己的目的

我想这些应景的画面
都抵不过藏在土地深处
那股向往春天世界的劲头

春风尽染

眼前花朵绚丽
有着你的气息
婀娜多姿
在那春风十里
拂过婉转情思
让我泪眼婆娑

我匍匐在大地
聆听天上梵音
相偎相依
在岁月长河里
把你藏在诗里
顿时芳香四溢

总想一种相遇
是拉萨街头的奇迹
是你　是你
我诗里的每一句
都因你的悲喜而泣

花的媚

散落在蓝天的云朵
分散着阳光
有些凝眉的思念
与春天不期而遇

春天
有一种花开的媚
媚在美丽的绽放
绽放在许多日子里
梦或者回忆
花朵温情脉脉
心田里有一种雨的滋润
肥了动人的传说

春天是一双翅膀
海阔天空的翱翔
所有的花开
都寄托在
茫茫草原的葱郁

亲爱的
我想
你是花开
开得如此的媚
好像一千匹野马的奔腾
引领我的高贵
以宽广的姿态
显示着我的现在
用深邃的蓝色
让我在这个世界里
享受花开的媚

遇　见

花谢了还不曾开
春天不知有多远
我们刚遇见
就要说再见
在那一瞬间
有多少凋零的花瓣
碎了一地的纯情与浪漫

遇见了是一份缘
离别却无限感慨
你伤心的眼
多愁又善感
扑朔又迷恋
夜空下泪语叩苍天
想留住那一段美好流年

相聚胜似昙花一现
把别离化作思念
在梦里心手相牵
善待这千年修来的缘

爱的浸染

天空释放了蓝色的美丽
阳光灿烂心底
我的视线里
一幅最美的画意

歌声动容了寂寞的大堤
雨点乱了气息
我的记忆里
飞进梦乡的笔记

许多画面
都应该是爱的记忆
浸染着我和你
每一个平淡的日子
有些轻轻划过眼里的
不经意的情绪
都是爱的轨迹
是生命中
带着微笑的涟漪

不要许下来生

不要许下来生
我们没有来生
许下来生
使你今生不再简单
那些爱的誓言
或许是一缕飘飞的烟
未升起　烟已散

不要许下来生
今生就是今生
许下来生
只是对爱情的敷衍
眼里的笑颜
或许是一根绷紧的弦
未抚琴　弦已断

不要许下来生
爱情是今生的笑颜
今生的哭泣
今生的缘

爱　情

都说
想起爱情
就有动人的飞跃
落下

让我陨落一次吧
我想
砸向顶尖
顶尖的塔

拉姆拉措

突然
一滴泪
痛了心
是不是因为这滴泪
乱了拉姆拉措的寂静
是不是这滴泪
感动了天
触动了心

拉姆拉措
是不是那前世的因
引领我的如今
显现着我们
前世的情
你的笑颜
是否永远
植在我骨髓里的根
是那若隐若现的
飘过湖面的云

拉姆拉措
是不是那前世的因
让我如此坚定
静谧的湖水
是一面镜
每一朵云
飘过湖面
是我们前世的倒影
今生若隐若现的
那浅浅的随影

突然
一滴泪
痛了心
是不是因为这滴泪
乱了拉姆拉措的寂静
是不是这滴泪
感动了天
触动了关闭久远的心

泪中影

尘世之外
梵音传来
我本想沉浸其中养心
可是你无意间看了我一眼
让我随了世俗的缘

遥望彼岸
茫茫人海
你本来好似流水漫来
可是我错把薄雾当作云彩
让我在泪眼中空幻

经筒转了又转
月亮弯了又圆
两颗心在错的时候遇见
如泪中影
这滴泪是我忧伤的眼
用三世的轮回与你相见

一生情缘

一生情缘
锁不住我的思念
那是千年万世的缠绵
星云扭转
只为心灵
涌动的瞬间
已成缭绕云烟

一生情缘
拂不去你的容颜
那是千年万世的眷恋
沧海桑田
只为前世
看我的一眼
已是记忆久远

一生情缘
思念是河
流过草原
那深情的一眼
是你我前世今生的缘

爱情的好

翻飞的花在我梦里妖娆
急促的呼吸征服了大脑
子夜不再静悄悄
纷繁的思想被你困扰

翻飞的花在我眼前燃烧
夸张的舞蹈迷惑了大脑
爱情永远美好
记忆的故事因你萦绕

我想
爱情的故事是两个人的好
好到分分秒秒
好到老
好到牵手走过的回忆
那样的回忆幸福美好

我们的爱

记忆的最初是天边的西藏
一种爱是对蓝天的向往
追逐白云和你流浪
一起在西藏
我们说好不能忘
地老天荒

我们的故事不是简单的疯狂
这份爱是对牵手的渴望
漫步夕阳和你守望
一起在西藏
我们说好不要忘
地久天长

一起流浪天涯
一起相守夕阳
我们幸福
那是幸福的爱
幸福的守望

一起唱一首熟悉的歌

今晚
我点了一首歌
唱起了
你到底爱不爱我
你到底爱不爱我
这一首歌
感动了自己
不知道是不是能
感动你

其实
我不知道
用什么方式爱你
我唱的这首歌
你到底爱不爱我
你到底爱不爱我
我想用这首歌
告诉你

这首歌
在我们酒后的歌声里
因触景而生情
不知道你爱不爱我
这份爱不是酒后的箴言
是爱的勇气

我今夜一直在唱这首歌
你到底爱不爱我

春天的理由

想起了你
就在拉萨的街头
寒风三月
含着一个春天吐露的枝头
想你的温柔
也想起了你微皱的眉头
我看见了你和这个春雪落下的颤抖
春天
不是因为一个爱的等候
爱在心头
藏着爱的缘由

想起了你
就在拉萨的街头
整个春天
吐露一个想你的缘由
想你的温柔
也想起了你善变的眼眸
我看见了你在一阵风一阵雨后留下的愁

春天

不是因为一份爱的守候

爱在心头

留着爱的理由

别回头

从你的眼神我看出了
一丝淡淡的忧愁
我知道你的心已不再为我守候
当风吹乱我头发的时候
你坚决地要走
要走你就走
别回头
我不想让你看见我泪流
真的别回头
那份爱我已记在心头

从你的举止我看出了
那种失落的哀愁
我知道你的脚步不再为我停留
当风吹疼我脸庞的时候
你固执地要走
要走你就走
别回头
我不想让你知道我的心痛

真的别回头
那份爱我会留在心头

别回头
春已去
夏已走
冬天的阳光依旧
心已痛
泪已流
独自的我呀
是一只快乐的轻舟

如果有一天

如果有一天
一个长得很温暖的女孩
因一个虚构的故事
还不带雷同的巧合
突然出现在眼前
她一定会温暖拉萨的冬天
温暖这个冷冷的夜晚

因了这个长得很温暖的女孩
这个夜晚满是笑脸
拉萨冬天的夜晚
一个美丽的女孩
我想
你面若桃花
融不进冬天的拉萨
没想你比拉萨更灿烂
我想
你或许更像一杯酒
让拉萨的冬天

来不及细品
便醉在这个温暖的夜晚

如果有一天
我因拉萨
因拉萨的记忆
不再遥想远远的温暖
你是否
用你七彩般的夕阳
让我在你温柔的怀抱里不眠

我真的不敢去想
如果有一天
这个长得很温暖的女孩
消失眼前
我是不是会用淡淡的思念
去抚慰隐隐的伤感
用一个个伤心的词
填满心间
用低吟的情歌
把思念唱完

这么远

这么远
我的思念
只是
看着太阳慢慢升起
和昨天的孤寂融在一起
时间是唯一的牵挂
让我想着你

这么远
只能
想着你
慢慢地
太阳慢慢地
从我的情绪里慢慢落下
醉在一杯酒里
不知道
那是一种思念
还是一种生活的习惯

这么远
时间远远地
挂在远远的天上
这么远
我好想
冷冷的夜晚
有一个真实的你

这么远
我把思念当作生活的日子
让我慢慢
慢慢
看着升起的太阳
和慢慢落下的心情
远远地体会
一种无法言喻的距离

邂　逅

今夜
远在拉萨
记录了
彩色霓虹里的一段邂逅
你的笑
你的一个回眸

在八廓街顺时流动的人群里
你让所有的想象
都凝固成拉萨的夜色里
浓浓的一杯酒

你知道吗
一个不再遥远的守候
还有
浅浅的影子
满满的乡愁
是不是
阳光里的一叶轻舟

辽阔的天空下

在拉萨八朗雪的记忆里穿透

一个邂逅的目光

锁定一个甜甜的女孩

闪现着

用八朗雪式的爱情

记忆一个夏天

鲁朗情歌

远方有多远
远不过一个思念的寂寞
思念有多深
深不过我们蹚过的鲁朗小河
在鲁朗的花海草甸
轻轻地唱起一首老情歌
把思念遥寄给那心里的绿波
还有这条鲁朗的小河

红叶有多红
红不过天空夕阳的云朵
天空多么辽阔
雨后的晴朗依旧是你的漂泊
在鲁朗的水墨夜色
默默地数着天上星星几颗
把你当作美丽的格桑花朵
还有那首鲁朗的情歌

我们一起唱起熟悉的情歌
默默地数着天上星星几颗
把思念遥寄给那心里的绿波

爱的自救

你的笑容总是流露心里的微妙
让我感到十分的恼
为什么在这花开的季节
总有一股惆怅把我袭扰

还爱我吗
请你放下你的骄傲
对我绽放你舒心的笑
我的存在是否是你唯一的祈祷
让我离开爱的飘渺
这不是雨水浇灭的火苗
让萦绕的梦想把我困扰

还爱我吗
我想走出你的圈套
回到昨天最初的怀抱

拉加里情歌

拉加里长长的走廊
一个远去的晴朗是你
我愿做天空的彩翼
任凭暴风雨来临
让你依偎在我的怀里

拉加里寂静的窗外
一抹西边的晚霞是你
我愿做东边的山脊
沐浴最后的阳光
让我守侯着你的孤寂

拉加里
一首悠远的情歌
一遍遍唱着爱情的传奇
从无花的冬天唱到花开的夏季
是我生命里永远的花期

爱情咖啡

我冲了一杯咖啡
苦涩的咖啡
加点糖吧
加点糖
爱情
好甜再加些
牛奶
加些牛奶
就是一杯
纯色的
有营养的
爱情咖啡

莲花盏

三生石前
和你一起约定来世
在菩萨的莲花台前
做一对莲
绽放在美丽人间

今生寻缘
找寻前世的缘
我用今生的万千苦难
和你相见
却寻你不见
是不是
前世你酒后的失言
让我在今生只为续写
三生石前我俩的那句誓言

那一句誓言
是你的真情
让我如此坚定
来世化作托莲的盏

让你在我的手心里
幸福灿烂

今生寻缘
找寻前世的莲
我用世间千万苦难
寻你不见
原来你在菩萨面前
做了托莲的盏
你用一生的爱
托起绽放的莲

三生石前
和你一起约定来世
在菩萨的台前
做一对莲
幸福灿烂

花瓣落

花瓣落
落在刹那心间
回眸过往
不是云烟
是思念的脚步
走出爱的蔓延
花瓣落
想起了春天
嫣红落在心头
挥不去的容颜

花瓣落
落在刹那心间
回眸过往
苍凉云烟
相思树下的月影
映出你的泪眼
花瓣落
想起了心痛

幻影修成涅槃
痛彻风情人间

花瓣落
满眼絮花掠过
我的爱
落在心头
想那
前世五百次的回眸
只为今生
我们爱过

八朗雪的爱情

在八朗雪的夜色里
一个梦里的黑帐篷
在傍晚的时候
静静地把心收拢
独坐在这阑珊的灯火
一首情歌
划破了冻在心里的河

在八朗雪的记忆里
一个远古的黑帐篷
风铃声清脆地
摇过蓝蓝的天空
一杯奶茶
两个人的故事
远远的记忆
喝醉了昨夜的星河

八朗雪
一个黑帐篷的传说

有一份爱情记在心里
一阵清风拂过
拂响了寂寞的风铃
风铃响起
响起了一首爱情的歌

拉萨河畔的思念

拉萨河
弯弯的河
从天上飘来
又向岁月的深处飘去
我在拉萨河畔
用苦涩的情茧
相拥一份思念
清澈的拉萨河水
带我穿越了时间的阑珊
记忆的倒影忽隐忽现
留下了长长的思念

拉萨河
宽宽的河
从远方飘来
又向眼前的风景飘去
我在拉萨河畔
用爱浇灌心田
相守当初的缘
清澈的拉萨河水

带我历经了爱情的悲欢
记忆的倒影忽隐忽现
留下了浓浓的思念

清澈的拉萨河呵
河水向西越流越远
记忆的倒影忽隐忽现
留下了长长的思念

在丹杰林独自听歌

月亮悄悄爬上了山岗
丹杰林的巷子里
传来了低声的吟唱
浓浓的思念
好像那明月的光
一段情殇
久久的迷茫
心中记忆的珍藏
怎藏得住这许久许久的时光

风铃轻轻摇响了小窗
丹杰林的巷子里
飘来了岁月的暗香
浓浓的思念
好像那风儿的伤
一段情长
久久的彷徨
心中许多的怀想
怎想得起这许多许多的过往

在丹杰林的巷子里

我独自饮酒听香

邂逅一段

突如其来的

寂寞他乡

八廓街的月影

月光一洗而下
我就这样静静地望着这月影
脑海里没有任何思绪
深呼吸后的一种清新沁入心扉
让我享受了许久没有的梦境

风儿轻轻吹过
我就静静聆听这远远的梵音
脑海里没有任何思绪
抖掉尘埃的一种干净
惬意安然
让我触摸到了你灵魂的静逸

八廓街的一轮圆月就是风景
月影下面是否映照着那份爱情
我就想这样静静地坐着
感受前世的一个故事
和今生的一种真情
让随性哼唱的歌
慢慢地漫过心底和大地一起聆听

用一大杯爱情与你干杯

停泊太久的船
守着许多忐忑和不安
浪一直在涌
翻滚着相思和等待

想象中
在满天灿烂的星空下
有些记忆
从海浪里拾起了
破碎的意象
突然一首歌
唱出了
积蓄的时间
爱情的距离
希望的相聚和遗憾的失去

歌声一直回荡
忧伤的旋律徘徊
时而撞击心灵的电光
掀起万丈狂澜

时而拨动一丝琴弦
带着一丝思念的隐痛
痛了曾经的诺言

我的思念
连接着记忆的空间
此时，夜的脸涂得再黑
都不是我想要的睡眠
我没有睡
灿烂的星空下
你是我的船
守着爱的浪涌
翻滚着相思的等待

我真的在用心守着这个夜
用爱情的故事下酒
故事或许升华成一首
漂洋过海来看你的歌
或许是扬长而去的尘
但是为了这个约定

我只祈愿
晨光沐浴我的坚强
面对一些遗憾
见与不见
想与不想
记忆总是在心里
无法抹去

现在
我在高高的高原上
虽然相隔千山万水
你我的夜空依然透明
就像今晚的思念
散发着幽香
沐浴着爱的花朵
在我微微颤动的心里
希望这朵花
怒放在你的梦里

将自己的夜给自己

在岁月的深处倒数年龄
缥缈里失落都是感触
我已到了这个年龄
许多老歌让我感动
泪悄悄地流下
带着含蓄和心里的感应
将自己的夜给自己

惺忪的眼不敢闭上
怕
睡了又醒了的岁月
伤害了自己

我的夜
激越了
宣泄了
盈眶了
夜里的灿烂

此刻
我的心
凌乱了
闪过了
孤独了
夜里的感怀

我将自己的夜给了自己
给了一个缄默的冬天
如此而已

镶着银边的月亮

高高在上的月亮镶着银边
那儿是心里的牧场
是一种永远
是不可及的深邃
是磊落光明
也是好远好远的心灵故乡

这迷人的银边也是你
是你的美丽霓裳
在深深的夜里凌乱的心情

从故人的明月里
想起了美好的爱情
每一个故事都如滴落的雨水
落在心里
如涟漪般扩散
借着我的想像
去想
爱的那个人嫁了远方

远方好远
好远的日子把岁月积累
她的日子和我的日子都在他乡
镶着银边的月亮
都把爱情的美好照亮
这轮月亮
却黯淡了我整夜的星光

多少年了
激情已是和风细雨
我已习惯用酒
一口一口斟酌数字
这个精确的数字
跨越了人生的过去
我醉眼蒙蒙
淡淡地望着眼前这轮镶着银边的月亮
这轮月是犁
是岁月的伤
是我脸颊上深深的皱纹

冬季的诗行

如此早的夜
挡不住寒冷的呼吸
躁动的心情
吸吮着天空的芳香
有一行冬季的诗
从天而降

夜里
让我们在风里倾注自己
带着紧贴着年轮的响箭
和重重梦境压过而去的新的期望
在时光的涟漪里慢慢扩散

此刻，好冷的风
期待一场厚厚的雪
让候鸟的翅膀
在我寂静的心灵里
倾听鸟鸣的声音
飞翔的高度
多么明亮

内心不存一丝污浊
展开的翅膀
简简单单
四周没有修饰的色彩

冬季的诗行里
散漫的节拍消失于早早收拢的夜色
我把孤独挂在心上
任再冷的寒意袭来
都不会丢失

低吟的灵魂
因为这翅膀般展开的诗行
在寒风里飞翔
让我感动

我也凑凑热闹（代后记）

霍尔嘎·努木

敖超是我的哥们儿，也是我儿子的汉族爸爸。超哥的诗集《遇见》马上要出版了，我们都很开心。他让我写后记，二十年的藏汉兄弟结下的深厚友谊历历在目，让我无从下笔。就像王勃写下的千古诗句“海内存知己，天涯若比邻”，我们的友谊是一种心灵感应，是心照不宣的感悟，也是成为相互向上的能量、动力和源泉。我很敬佩超哥，没有因淹没在长期处理繁杂的机关公文堆里而改变诗性的情怀，没有因畅游在啤酒的海洋里而忘记了阅读图书，从一名普通的退伍军人成长到诗人、小说家和领导干部。

人生是一种非常复杂的聚合态，一切都是因缘结合的产物。超哥的小说和诗歌一样，描绘的都是身边的人和事、感与情。他让我写后记，我的理解是让我替他感谢对他产生过影响的人。而我要首先感谢这个伟大的时代，在这片厚土之上，各民族亲如兄弟，共同保卫和建设美丽的西藏。感谢他的父母兄弟姐妹，以及他的家，家是灵魂的归宿，那是超哥永远的牵挂和骄傲；感谢张根啦，那是我们永远尊敬的老牧民式的大哥。总之，让我替超哥，感谢所有对他寄予希望、鼓励、鞭策、关心和关注的人，也感谢羡慕嫉妒和伤害过他的人。最后，祝超哥身体健康、充满活力！等我们退休了，在重庆开酒吧，一起happy！